KB195355

고귀한 소리

고귀한 소리

발행일   2025년 2월 27일

지은이   이나윤
펴낸이   손형국
펴낸곳   (주)북랩
편집인   선일영   편집   김현아, 배진용, 김다빈, 김부경
디자인   이현수, 김민하, 임진형, 안유경, 최성경   제작   박기성, 구성우, 이창영, 배상진
마케팅   김회란, 박진관
출판등록 2004. 12. 1(제2012-000051호)
주소   서울특별시 금천구 가산디지털 1로 168, 우림라이온스밸리 B동 B111호, B113~115호
홈페이지 www.book.co.kr
전화번호 (02)2026-5777   팩스   (02)3159-9637

ISBN   979-11-7224-505-4 03810 (종이책)   979-11-7224-506-1 05810 (전자책)

(주)북랩 성공출판의 파트너

북랩 홈페이지와 패밀리 사이트에서 다양한 출판 솔루션을 만나 보세요!

홈페이지 book.co.kr • **블로그** blog.naver.com/essaybook • **출판문의** book@book.co.kr

작가 연락처 문의 ▶ ask.book.co.kr

작가 연락처는 개인정보이므로 북랩에서 알려드릴 수 없습니다.

고귀한 소리

이나윤 지음

북랩

책을 내며

남기고 싶었다.
들리던 그 시작의 소리를.
필요하면 가져다 생각해 볼 수 있는 나의 경험과
그의 이야기를 나누고도 싶었다.

그래서 썼다. 아마도
이 시작이 이번 생의 마지막을 장식할
유일한 씨앗이지 아닐까 싶다. 씨앗을 심었다.

1

안과 밖이 아름답고, 들숨과 날숨이 우아하여
어떠한 악함도 나를 해치지 못하고 사랑의 에너지가 넘쳐 흐르리라.

나의 의무를 노력 없는 노력으로 행위의 열매를 바치고,
춤추듯 자유를

2

직접 경험하고,
체험하지 않은 것들에 대해서는 아무런 말이 나오지 않는다. 비록
지식을 갖고 있다 할지라도 내가 느껴보지 못한 것들의 빈 말들이
너무도 많이 티가 나서…

3

잘 가. 보내줄게
자유로이 날아가거라
그동안 내 안에 머물며 숨 막히는 사랑으로
자유를 잃어버리게 해서 미안했어.

날아가.
멀리 가고 싶은 곳으로…
머물러 쉬고 싶은 곳으로…

너는 내 것이 아니며,
나는 네 것이 아닌 곳으로 가거라.

쉼이 있고, 미소가 지어지고, 행복함이 영원한 그곳에서 우리는 어쩜 만날 수도 있으니 우리 만나면 서로를 따뜻하게 바라보고, 영혼의 자유를 누리는 서로에게 감사함을.

정말 잘 가거라 자유롭게 훨훨~
네가 원하는 곳으로…
몸도 마음도 가벼운 그곳은 너와 나의 천국과도 같은 곳!

푹 쉬어.
아무도 너를 속박하지 않는 곳에서…
놓아주어서 고마워

4

선택과 책임과 자유.

5

자신이 쓰는 언어와 말투. 입는 옷가지들과 액세서리.
걸음걸이, 얼굴의 표정과 미소

만나는 사람들
읽고 내 것으로 다시 소화 시키기 위해 선택한 책들은.

지금. 또 먼 훗날의 내가 누리고
가질 수 있는 성품.

6

사랑은 나도 빛나고 너도 빛나는 것이었다.

나만 빛나거나, 너만 빛나게 하는 그런 사랑은 없다.

우리는 서로가 아름답고 귀한 존재.

반짝반짝 빛나는 빛!

7

모든 것을 품고, 안고 가기 위해
자신의 슬픔에 빠져서는 안 된다.

자신 안에 머물고 계신 그와 함께하라.
모든 생애에 일어날 일들은 절대 너를 해치지 않는다.

선택하라.
슬픔에 빠져 삶을 비관할 것인지
모든 걸 품고 너그럽게 살아갈 것인지.

8

멀리 희미한 등불이 밝혀주는 길 위에 서 있다.

천천히 걸어간다.
그 등불이 점점 가까워진다.

뒤돌아보지 않아도, 두리번대지 않아도 되어졌다.

걸어갈수록 그 길이 더욱 선명하게 보인다. 빛에 가까워졌다.
그 빛이 나를 비추어 나의 등 뒤에서 빛나고 있다.

그 빛의 길 끝의 등불과 하나가 되는 순간이 오면, 온 우주가 나를
감싸안고,
모두를 품은 채로 온종일 보는 자로 존재할 것이다.

9

왜…
침묵이어야만 했는지

알 것 같아.
내가 지금 알아가고 있는 진실들은
결국은 그 수많은 언어로는 표현해 낼 수 없고, 드러나는 표현들은
에고가 섞여 있다.

침묵.
그 무한의 공간으로 들어간다.

10

나는 안다.

울컥하는 마음이 올라오고, 갑자기 찾아오는 슬픔. 들여다보고 있으면 가슴이 저린 것도 느껴진다. 무한한 사랑을 잊고, 순간의 관심을 바라는 곳 어디든 외로움이 밀려 온다.

그리고 내가 선택한 것에 대한 대가들은 받듯이 치르게 되어있다.

괴로움을 못 이겨 선택한 것에 대한 책임으로 오는 슬픔은 나의 몫이지만 슬픔은 곧 사라진다. 외로움도 곧 사라진다.

회의를 느끼는 감정은

과거의 기억에서부터 왔음을 알기에…

오늘 나는 슬픔과 약간의 외로움을 그대로 느끼고 하루를 마감할

것 같다.

무한한 사랑을 느낌에도 불구하고.

오늘은 참 눈으로 피부로 와닿는 덧없는 사랑을 갈구하듯 살짝 마

음이 흐릿하네.

그렇게 이 시간을 보내며

나는 무한한 사랑의 그 자리로 들어갈 것이다.

11

언어는 그저 소통하기 위한 것. 세상을 살아갈 때 의사 표현을 하며, 나 자신을 지키기 위함도 포함이다.

하지만.
결국은 창조된 이 세상 모든 존재는 침묵으로 들어가 잠들게 된다.

표현되는 것들과 마음의 모든 소리를 침묵 안에 머물게 하고.

젊은 날 살아야 하는 세상은 침묵 안에서 언어를 만들어 최소한의 언어로 삶을 표현하고 다시 들어와 앉아 정화를 해야 한다.

나는 아직 젊다.
끓어오르는 삶에 대한 열정과 애착은 남아 있고, 즐거운 삶을 살고자 하는 욕구도 남아 있다.

어떠한 방향으로 전환하여, 바라볼 것인가는 하루하루 숙제가 되어, 아직은 또다시 생각의 늪으로 빠져들어 알아차리고 돌아오기를 반복한다.

시간은 나에게 선물과도 같고,
언어와 물질은 그저 생의 여행에 필요한 하나의 수단일 뿐!

육체는 늙어 힘을 잃어가고,
나의 의식은 더욱 선명해져 빛처럼 빠르게 실재 속으로 흡수될 것
이다.

12

누군가를 비난할 이유도, 평가하고 판단할 이유도, 설명하고 이해 시켜 가르칠 이유도 찾지 않는다.

이미 우리는 알고 있음에도 불구하고, 답답한 자신들의 현실에 묶여 스스로를 찾을 힘조차 깨워내지 못해 괴로워하고 있는데…

깨달음으로 갈 자는 스스로 시간이 흘러, 그리로 가게 될 것이니 무엇이 안타까울까.

13

일상에서의 즐거움.

좋은 사람들과의 인사 나눔. 쉼이 있는 공간.

14

삶에서 내가 맡은 역할을 해. 능숙하고, 세련되고, 힘들이지 않게.

잘 보이려거나, 잘 못 보일까 봐 두렵거나 상처받을까 봐 방어하는
모습으로 관계를 가지지 않기로 해. 그게 다야.

행복이다 아니다. 즐겁다 안 즐겁다. 기쁘다 안 기쁘다.
사랑한다 안 한다… 그런 게 어딨어.

품고 가는 거야. 삶은 그런 거야.
어쩌구저쩌구 설명하고, 기준을 세워둔 것들은 결국 경계와 한계
를 만들고 때론 적이 되어 공격을 하기도 하잖아.

나는 있잖아 살 거야.

내가 맡은 역할에 감사하면서

그들이 진짜 말하고 싶은 것이 무엇인지,

삶에서 얻으려는 것이 무엇인지 그들의 진짜 마음을 들을 거야.

그리고 그냥 함께 하는 거지. 나는 있잖아

늘 감사하면서 내 삶의 축복을 나누며 살까 해.

조용히 함께하기로 해

15

갈구하기만 하고, 채우지는 않았던 지난 날.

비움이 무엇인지, 채움이 무엇인지조차 모르고, 그저 목마름에 갈구하고 원하고 어둠에서 손만 내밀며 울부짖었었다.

손가락에 피가 나고, 온몸에 멍이 들도록 기어오르고 올라 아주 억척스럽게 희미하게 비추는 빛을 향해 애쓰고 또 애쓰면서

비우고 채우고 사랑과 진리의 길로 가는 길.

기어오름과 애씀에서 내려와 앉았다. 고요히 내려앉는다.
어둠을 뚫고 빛이 스스로 나를 비춘다.

남아 있는 상처들이 치유되기 시작했고. 치유된 몸과 마음으로 사랑과 진리의 길을 볼 수 있는 눈과 귀가 열렸고, 길을 따라 일어나 걸을 수 있는 두 다리에 견고함이 생겼다.

그리고 나의 영혼은 침묵 속에 머물며 고요히 자리하고 있다.

평화와 안정과 아무런 의심도 없이…

16

고독과 외로움이라 부르는 것들아! 그것은 내게 그 어떤 고독도 외로움도 느끼지 못하게 할 것이다.

세상천지에 퍼져 있는 살아 숨 쉼이 있는데

그것을 내가 알아버렸고, 누릴 준비가 되어, 하늘 아래 홀로 숨 쉼과 함께 모든 것과 음악처럼 흐르고, 조화를 이루며 살아가고 있는데 무엇이 나를 고독하고, 외롭게 만들까…

내가 가졌던 콤플렉스가 사라지고,
나라는 의식에서 벗어나 전부를 알았을 때 오는 깊은 더 없는 존재감.

모든 것을 즐길 준비가 되어 있다.
만남과 헤어짐. 탄생과 죽음. 이쪽과 저쪽
모든 것을 즐길 준비…

그래서 슬퍼도 외로워도 즐겁고 기뻐도
너무너무 괜찮다.
그것은 내가 아니니.

17

드러나는 것들이 정리되면, 나는 뒤돌아보지도 않고,

망설이지도 않고, 후회나 미련 따위 없이
이름이나 혈연, 추억으로 묶어 놓은 것들을 다 놓아 버리겠다

놓아 버린 지도 모르게 모든 게 새롭게 정리되어 관계의 매듭에서
풀려날 것이다.

18

언어에서 글로 글에서 침묵으로

다시 침묵에서 글로 글에서 언어로

이제…
침묵에서부터 모든 게 시작되는 날이 왔다.

19

아이야.

상대의 몫으로도
너의 몫으로도 남기지 마렴. 흘러가게 두어서 함께 흘러가기를.

너의 삶의 모든 선택과 결정은 네가 하고, 상대가 결정하고 선택하
도록 하는 것 또한 네가 선택하고 결정해서 그리하렴.

아이야.

20

나는 종교를 믿지 않아.

나의 안에, 나의 밖에 언제나 편재하고 계신 그분을 믿어.

네가 믿는 신이 아닌, 네가 말하는 신이 아닌 내가 느끼고 내가 깨달아서 알아낸 그 놀라운 능력의 힘을 가지신 그분을 감히 말로 표현할 수 없지.

네게…

내가 느끼고 알아낸 그 광대한 빛을 믿으라고 설득하고 가르칠 수 없어.

교리를 믿지 않아. 그분을 믿어.

내 안과 밖을 가득 채우고 계신 그분.

나는 알아 버렸지 존재 자체를

이미 다 가지고 있었음을

지난 세월의 삶이 무엇이었는가를…

나는 언제 어디서나 그 빛과 함께 있고.

어둠에서 그 빛은 더욱더 찬란한 빛을 발하고 있는 걸

21

자신을 표현해야만 하는 것.
꼭 그러한 표현을 해야만 하는 것은 아니다. 다만,
표현의 잘못으로 오는 또 다른 피드백들은
너무나 개인적인 견해가 담겨있어 불편함을 만들고, 오히려 독으
로 작용해 마음에 상처의 쓰레기로 남겨지기도 하니…

함부로 아픔이나 경험을 공유하지 않도록 하자. 마음이 허약해졌
을 때 말 많은 자들이 귀신같이 알고 쏟아붓는 정신 사나운 이야
기에 혼미해지니
잠시 차분하게 마음을 가라앉히고
보자…. 왜 아팠는지… 왜… 상처가 되었는지를.

22

때론 어린아이 같은 순수함으로 때론 성숙한 어른처럼
때론 깨달은 성자의 모습으로

아침에 깨어나 깨끗하고 맑은 정신으로 어린아이와 같이 상쾌하게
아침을 맞이하고. 하루의 일과를 성숙된 어른과 같이
해야 할 일들을 서슴없이 행하고. 늦은 밤 깨달은 성자의 모습으
로 명상의 자리에 앉는다.

23

다치고 상처 입은 자들에게 마음의 문을 열고, 들어라. 그들이 하는 이야기를… 그리고 입을 다물어라.
그 어떤 조언도 위로의 말도 하지 말아라. 그저 듣기만 하라
그러다 그들이 안아달라 하면 안아주고, 눈물을 닦아달라 하면 눈물을 닦아주어라.

허나,
나약한 마음으로 또는 명상의 상태가 아닐 때는 그리하지 말아라.

이것은 내가 내게 하는 충고의 메시지. 서로에게 어떤 것도 남게 하지 말아라.

24

어릴 적부터 알았던 그것. 청소년 시기에 알았던 그것.
어른이 되어 현실 속에서도 알고 있었던 그것. 이제

드러나기 시작한다.
앎이 가슴에서 피어나 드러나기 시작한다. 온 세상이 달라졌다.

내 안에서부터….

25

믿는다고 되는 게 아니야. 각자의 삶을 살아야지.

소원을 빌어 이루기 위해 믿지 말아줘.

네가 믿는 그대로 삶도 살아내면, 그때는 하나님도 부처님도 알라신도 네 안에 있다는 걸 깨닫게 돼.
교회에만 사원에만 사찰에만 계시지 않아. 그곳은 믿음을 굳건하게 흔들리지 않게 도움을 주기 위한 건축물일 뿐인 거야.

'잘 되게 해주세요~'라고 빌지 말아줘.

나무와 꽃들 속에,
나를 만나는 모든 이의 눈빛 안에, 산과 바다가 있는 풍경 좋은 그
곳에 언제나 존재하는 그것을 느껴봐. 그러면 알게 돼.
모든 것은 나를 위해 존재하고 있었다는 것을. 감사하잖아
그리고 감사의 기도를 드리기만 하면 돼.

그러고 나면 너는 걸어 다니는 교회가 되고, 사원이 되고 사찰이
되는 거지.
굳이 전도하지 않아도 내가 믿는 신이 최고다 말하지 않아도
너를 만나는 모든 이가 변화하기 시작할 거야 너처럼

이보다 감사하고 축복스러운 일이 또 있을까

26

나의 개인적인 엄마로서의 불안으로 너의 삶이 좌우되지 않기를.
사는 게 갑자기 힘에 겨워 눈물 나는 청춘을 사는 아들아

울어도 괜찮아
펑펑 엉엉 울어도 괜찮아 엄마는 품이 넓단다.

네가 엄마 모르게
또 엄마 앞에서 힘들고 지침을 내비칠 때
부끄러워 말고 소리 내어 울어도 괜찮다.

너의 울음소리.
그 떨림이 사실은 용기이고, 인정이고, 쌓아놓지 않음이기에…

너를 응원한다 아들아

너의 말투, 표정, 숨소리 엄마는 듣고 보고 있어.
어찌 모를까

네 삶의 고충을
필요하면 언제든 기대거라…

엄마라는 그 이름만으로도 안도감이 생기지 않을까

누가 뭐라 해도 너는 태어난 그 순간부터 소중하고 귀한 존재가 되
었으니 믿고!
한 걸음씩 나아가자꾸나.

춥다!
들어와 따뜻한 집에서 편히 쉬려무나.

27

자신에게 주어진 삶에 오는 모든 인연과 사건 사고들은 아무리 발
버둥치고, 외면하고, 애써도 그대로 오고, 간다.

자신의 뜻이라 여겼던 것도 결국은 자신의 뜻이 아님을. 삶 속에
서 괴로워 하지 마라.
무엇을 얻으려 그리 힘에 겨운 삶이라 자처하는가

흐르는 물을 잡을 수 없고,
흐르는 세월을 잡을 수 없어 고통스러울까

그 안에 보이지는 않지만
너를 위한 것들이 함께 흐르고 있음을 느끼고 만끽하면 좋으련
만…

네게 주어진 것들을 행하다 보면…
삶이 주는 것은 딱히 아무것도 없다는 것을 죽음이 가까이에 오
지 않았어도 알게 되겠지.

단 하나.

오직 단 하나.

진실된 것!

그것을 찾기 위한 여정임을 깨닫기만 한다면…

아무리 가난하고 무식이라 칭하는 사람들의 비웃음 속에서도 웃을 수 있다.

바보처럼 보이는 그 웃음이 진짜임을 여전히 사람들은 모르는 채 비웃으며,

그리 살면 낙오자가 된다며 조언을 퍼부으며 훈계하겠지만,

어느 순간 너에게 함부로 대하지 못하는 분위기가 생길 것이다

그리고 너와 함께 같은 공간에 있는 것만으로도 쉼의 공간 안에서 마음을 내려놓고,

삶에서 진 보따리를 털썩! 풀고, 잠이 들 것이다

그럴 때 함께 있어 주면 된다.

28

갈구하는 자의 사랑과 깨달은 자의 사랑이 이토록 다른가…

말이 많고 생각이 많아 슬픈 사
람아 채워지지 않아 눈물이 하루도 마를 날이 없고,
고단하고 힘에 겹구나
결국은 사랑이 아니어서 갈구만 하다가 말라버렸구나.

시간은 흘렀다.
깨달음에 이른 자 무슨 말이 필요할까. 무엇을 더 채우리오.

29

언어라는 것은

한 단어 한 단어 마음과 진심이 담겨 있으면 그대로 전달이 되어 힘이 생긴다.
그 말에 힘이 생긴다.

화려하게 치장하듯 장신구를 잔뜩 달아 상대가 알아듣지 못할 정도로 문자를 갖다 쓴다면 아무리 멋진(?) 표현이라 한들 무슨 의미가 있나.

쉬운 단어들을 선택해 거기에 진심을 담고 내뱉어 존중과 신뢰가 쌓여 아무 말도 하지 않아도 되는 때 눈빛만 보아도 서로를 그대로 읽어 낼 때.

그때는 둘이라도 하나가 된다.

30

연인으로 맺어진 인연.

멋대로 좋은 사람, 이런 사람…저런 사람으로 정의를 내리며 요모
조모 살폈던 시간도 지나가고 뜻하지 않았던 주변 사람들의 등장
으로 서로를 어필했던 시간도 지나가고 있다.

더 오랜 시간이 흐르면
'그 하나로 됐어!'라고 할 만큼의 깊은 사랑이 자리하겠지.

나는 성숙했고, 어른이 되어가고 있다. 깨닫는다는 것은,
내가 너희보다 나은 사람이 되는 것이 아니다. 스스로 느끼고, 스
스로 깨닫고, 스스로 알아내고, 스스로 눈물을 흘리며, 스스로 길
을 만들어 내고, 그냥 그리로 걸어가는 것.

그 길에서 만난 사람.
내가 겪은 혼란스러움도 내겐,
가는 길에 만난 날씨와도 같은 것. 개의치 않고,
고백도 하고. 사랑도 하고. 눈물도 흘렸다.
괜찮다. 괜찮고 말고

따뜻하고, 온화하고, 너그러움은 사라지지 않았다. 이런 괜찮음이
더 많아지는 나날이 오기를…

31

알아버린 어떤 날부터.
전부를 알아버린 어떤 날부터… 여전히 삶은 살아야 하는 거지.

다 알아버렸다고 올 것이 안 오고, 갈 것이 안 가나?
그런 게 어딨어.

32

대상 없이 사랑하는 마음.

모든 것을 품은 작은 가슴에 무한으로 가득 채운 너그러운 사랑

33

나는 간다.
나의 길로.

가는 길에 마주하는 모든 이에게 다정함을. 게으르거나 나태함을
멀리하고.
불편한 긴장감 속의 계획 또한 멀리하고. 나는 간다.

빛나는 바다로⋯ 태양 속으로⋯

34

교만하지 않고, 겸손하게. 즐겁게, 다정하게 삶을 대하라.

행위를 하는 자.
그 행위의 열매가 달콤한지 쓴지 알아내 달콤한 것만 취하려고 하는 자.
그 열매의 달콤함을 얻고자 최선의 노력에도 불구하고,
내가 무엇을 했으니…
그 대가를 받는 세상의 선물과도 같은 그 열매는 무거운 짐으로 남겨질 것이다.

내려놓아라. 자유롭게 살아라.

35

나는 이 자리에 앉았다.
묵상과 함께 나의 내면의 소리를 들으러.
그리고 깨달은 성자들의 이야기를 들으러 이 자리에 앉는다.

익숙하지 않고, 때로 다 포기하고 싶고, 나약함으로 빠져들어 어떤
것에 의지하고 싶을 때.

그것은 어리석은 나약함인 걸 너무도 잘 알아서 그리로 더는 가지
않는다.

나는 이 자리에 앉았다.
오늘도 내일도 글피도 나는 앉는다.

좀 더 굳건한 기둥이 내 안에 세워져
이렇다 저렇다 설명이 필요 없어질 때까지
그 후로도…

36

삶의 마지막 순간에 모든 게 드러난다.

남은 게 무엇인가. 남겨진 게 무엇인가.
무엇을 위한 삶인가.
착각 속에 진실도 진리도 사랑도 용서도
제대로 알아내지도, 해 보지도 못하고 삶이 마감된다. 자신만을
고집한 채로.
내 말이 옳다고, 내 것만 챙기며, 소리를 지르다가 숨이 멎는다. 열
심히 살았는데도 불구하고.
왜! 무엇을 위해 열심히 살았는가.
의심해야 할 것은, 알아내야 할 것은 알아내려 하지 않고,
진실이 뭔지 보려 하지 않고, 열심히 자기의 것만 챙기고, 자기 주
장만 펼치다가 가버리는 삶이 무슨 의미가 있나.

곧 있으면 우리 모두가 맞이할 시작 전의 끝.

37

내 안에 당신이 자리하고 있는데 무슨 종교가 필요할까요.
내 삶은 당신으로 가득 채워지고, 당신이 나를 감싸안고, 이렇듯
보호하고 있는데. 어디를 가서 당신을 찾아야 하는 것입니까…
때로 당신을 의식하지 못한 낮은 차원의 마음으로 하루를 보내기
도 하지만 여전한 당신의 사랑은 나를 그 품으로 인도하고 있어 제
가 얼마나 든든한지요.

고된 삶을 살아가는 방법이 고작 당신을 잊고 세상을 즐기는 것이
라면, 저는 싫습니다. 차라리 눈물을 밤새 흘리며 투정을 부리다
당신의 품 안에서 어린아이처럼 잠들고 싶습니다.

허나,
당신과 함께임을 아는 저는 세상을 등지거나 슬픔에 빠져 살아가
는 것은 도리어 당신을 잊고 지냄임을 알기에
세상을 살면서
누리고, 나누다가 가겠습니다.

온전히 하루하루 몸을 곧게 세우고,
빛을 발하면서 한 발 한 발 내딛는 자가 되겠습니다.

38

어색한 침묵 속에
화해를 하고 싶은 한 아이와.
거부하고 있는 한 아이의 감정선이 구부러져 불편한 공기를 만들
어 내고 있다. 아직 화해의 때가 오지 않은 거겠지.

조금만 더 기다려보자.
먼저 마음의 문을 연 한 아이야.

기다리자.
초조해하지 말고 기다려보자.

먼저 악수를 청하는 날이 곧 온다.

39

딸, 예쁜 딸.
너의 밝고 어여쁜 표정 속에 근심이 있고,

너의 툴툴대는 말투 속에 친절함이 있고.
말없이 있을 때는 정직함, 흐트러지지 않으려는 마음이 있구나.

사춘기에 접어들어 고집도 피우고, 친구들에게 상처도 받고, 하고
싶은 것이 너무 많았다가도,
아무것도 하기 싫어 방문을 닫고, 혼자 어찌할지 고민도 많구나.

너답게 살거라

네가 어떠한 성품을 가지고 태어났는지 먼저 깨닫고,
너 자신을 신뢰하며 살아가기를…
그러면 네가 하고 싶은 것들과,
해야만 하는 것들이 맞물려 너의 성품대로
모든 걸 수용하여 처리할 수 있는 시간이 올 것이고…
너의 성공의 기준대로 하루하루 성공하며 살아가게 될 거야.

사랑스러운 우리 예쁜 딸.

조잘대는 너의 목소리가 듣고 싶구나.
오늘 하루 너의 삶이 어땠는지 듣고 싶구나.

40

까다로운 기준이 만들어 낸 삶. 자신을 보호하기 위한 기준.

무엇을 달라고 기도하는 마음 안에
남의 것을 빼앗으려는 마음이 있다는 것을 인정하기.

그 인정에서부터 기도는 바뀌기 시작해. (차라리 기도하지 않는 편이 나을지도)

성과와 성취. 경쟁의 구도 안에 있는 우리 모두는 이기거나 지는.
그래서 누군가가 슬피 운다는 것을 알면서도 외면하지.

이기고자 하는 마음으로 표독스럽게 이겨내면, 반드시 슬피 우는
날이 찾아올 것이고,
이기고자 하는 마음 없이 자신이 맡은 일을 했을 뿐인데 우연찮게
이겨냈다면
(이겨내지 않으면 또 어때?)

슬피 우는 날은 찾아오지도 않겠지.

이면을 봐.

처음과 끝. 사랑과 이별. 하늘과 땅.

무엇이 있니?

처음과 끝 사이에. 사랑과 이별 사이에. 하늘과 땅 사이에…
그 사이에 무엇이 있을까? 그것을 알아내 봐.

모두는 연결되어 있고
모두는 어디론가 흘러가고 있어 흐름을 타봐.
연결의 느낌을 가지고…

그러면 말이지
까다로운 기준으로 자신을 보호하려 애쓰지 않아도 썩! 괜찮은 날
이 올 거야
모두가 당신을 보호해 줄 거거든.

41

함부로 평하지 말고, 분석하지 말아라.

그래도
평하고, 분석하고 싶다면 어디 실컷 분석해 보아라
너의 교만함만 끊임없이 드러나 곁에서 사람들이 떨어져 나갈 것
이다.

42

하나를 알게 되면 전부를 알게 된다

머리에 지식을 채우는 것으로 아는 것이 아닌 온 마음으로
온몸의 안과 밖에 가득 채워진 그 무엇으로

그 하나를 알게 되면 전부를 알게 된다.

43

무의식 아래 아득한 어둠에서 나오는 숨겨져 있던 것들
내 안의 온갖 경험과 상처와 비난의 흔적으로 인해 드러내고 싶지
않았던 과거의 기억!
또는 기억해 내고 싶었지만 기억해 낼 수 없었던 것들도.
모든 것이 드러나고 있다.
수면 위로 서서히 올라와
내 머릿속을 가득 채운다

와라!
얼마든지 와라
나 그것을 충분히 마주하고, 보낼 준비가 되었으니, 얼마든지 와라.

그래서 어찌할 건데
나를 괴롭힐 것인가?
나를 잠 못 들게 할 것인가?

남겨진 것들아

내 너를 그대로 다 받아들일 것이니

괴롭혀도, 잠 못 들게 해도 괜찮다

비워내고, 비워내고… 흘려 보내고, 흘려 보내리…

너는 나를 어찌할 수 없다.

44

기대하고 바라지 않는 마음이어야 당신을 사랑할 수 있습니다.

기꺼이 내주는 마음이어야 당신을 오래도록 만날 수 있지 않겠습니까?

이것은 어쩌면 나를 위한 선택인지도 모릅니다.

당신을 오래도록 사랑하며 아끼고 서로의 삶에 대해 이야기하고 싶으니까요.

45

은둔자여.

세상 밖으로 나와 네가 가지고 있는 멋진 능력을 발휘해 펼쳐 보이
는 건 어떨는지.
숨어 있지 말고 가진 것을 나누어주며 살면 어떨는지.

관계의 두려움에서 벗어나기를….

아픈 상처가 치유되기를…

46

사랑을 두려워하지 않아. 함께하는 것을 거부하지 않아. 이별에 슬퍼하지 않아.

47

겸손하고 겸허함에서부터.
교만하지 않고 거만하지 않아야 해.

거기서부터 주어진 나의 의무들과
내가 가지게 된 창조적 에너지를 바탕으로 한 능력들은 나를 위함
이 아닌 다른 누군가를 위해 쓰여지게 해야 해.

기억하렴
잊지 말고 가슴에 새겨 놓으렴
자신을 위하여 어떨 걸 배우고, 정보를 입수하고, 챙겨서 이익을
보려 하는 목적이라면 아무것도 하지 않는 편이 나을 거야.

48

귀하디귀한 존재여,

너를 통해 무엇을 나타내게 하기 위함인가. 찾아내라.

너의 나타냄을. 나타나 행하라. 그 어디에도 의지하지 말지니.

홀로 그것을 행하라.

49

너에게 어울리는 것.

화려한 옷을 입든, 누더기 옷을 입든, 판잣집에 살든, 고급 저택에 살든, 화장을 하든 안 하든
그것이 중요한 게 아니지.

네게 어울리는 것들을 취해. 딱 맞는 옷을 입어.

너의 언어로 말하고, 너의 가슴에서 나오는 글을 쓰고, 너의 마음으로 상대를 바라봐.

힐끗힐끗하는 순간 네 것은 사라지고. 남의 것을 걸치며
"어때? 어때?"
자꾸 이런 말이 나올 걸?

너의 것이 이 세상에서 가장 아름답게 빛나 보여. 진짜야.
너에게 어울리는 것을 찾아봐.
걸어다니는 네 모습이 얼마나 아름답게 보이는지.

한번 해 볼래?

50

손가락 하나는 너를 향하고,
나머지 네 손가락은 나를 향한 이야기

너를 탓하고, 아님 나를 탓하는 이야기

흠……
아무도 탓하지 말아야지 너도 나도

너 때문도, 나 때문도 아닌 이야기 그것에 관해서 이야기하자.

51

어린아이를 잃은 엄마.

자신의 피와 살과 같았던 너를 잃어버린 슬픔으로, 세상을 등질
수도 없어 살아내야 하는 세상이 되었구나. 삶을 즐길 힘도 잃고,
집 앞을 겨우 나와 약이라도 먹고,
걸어 다녀야만 순간순간 너를 잃은 슬픔을 잊을 수 있구나.

아가야…
먼저 떠난 아가야 엄마를 위로해다오 엄마를 안아다오.
아가인 네가 어른이 되어 찾아오거라.

엄마를 일으켜 세워주고, 걷게 해주면 안 되겠니?
엄마는 네가 너무 그립고 그립고 그리워 잠을 청할 수조차 없고,
세상 것이 모두가 사치인 듯하니.

아가야
엄마의 아가야 엄마를 위로해다오
따뜻하게 안아다오 편히 쉬고 싶구나…

52

고독 앞에 머리 숙여 경외심을 표하노라. 고독 안에 스스로 들어
갔다 나오는 이. 할 말이 없는데, 말을 해야 하는 이.

세상 속에 속해 있지만, 세상 속에 속해 있지 않은 이.
세상 속에 속해 있지 않지만, 세상 속에 속해 있는 이.
이것이 고독이 아니면 무엇인가.

53

아… 이제

이제부터 시작되는구나 그 가르침이

이제부터 시작되었다!

이끄는 자의 움직임대로 움직이고 있었다는 알아차림.

54

그대여
홀로인 듯 하나 홀로이지 않고, 홀로이지 않은 듯 하나 홀로인
그대여

그대여
세상 만물이 그대의 것이나 그대의 것이 아니며, 그대의 것이 아닌
듯 하나 그대의 것이다

알아도 모르는 척하며 살아야 하고, 모르는 척하며 살아도 알고
있는 그대여

의지할 곳 없어 의지하지 말아야 하며 기대어 쉴 곳 없어 홀로이어
야 하는 그대

그대여
그대는 전부이고 전체이라

아무것도 하지 않음 속에 바삐 움직임이 일어나고, 바삐 움직임 속
에 아무것도 하지 않는 그대는…

전부이라.

55

놀라운 비밀 하나 알려줄까?

얻으려고 하거나 가지려고 하면 얻어지지 않고 가져지지 않는다는
비밀
얻으려고 하지 않고 가지려고 하지 않으면 말야

음······

아버지가 없는 이에게

세상 모든 아버지가 자상한 아버지가 되고, 어머니가 없는 이에게
세상 모든 어머니가 따뜻한 어머니가 되고, 자식이 없는 이에게
세상 모든 아이가 귀여운 자식이 되고, 사랑하는 연인이 없는 이에
게 세상 모든 남녀가 다정한 연인이 되어 줄 거라는 놀라운 비밀.

구속되지 않는 자유 속에서 누릴 수 있는 아주 놀라운 비밀이지

자!
그럼 너 또한 아버지가 되고, 어머니가 되고,
자식이 되고, 연인이 되어 자유로이 살아갈 수 있겠지? 없는 자에
게 줄 수 있는 것들은 많단다…

놀랍지?

56

삶에 적용하라

배우고, 머릿속에만 쌓아놓지 말고 삶에 적용시켜 변해가라
그 많은 걸 배워놓고 자랑하려고만 하는가 쓸쓸하고 외로운 인생
이 될 것이다.

57

무언가를 해주고 싶어 하는 마음은
결국 자신의 결핍을 채우기 위한 하나의 거짓 베풂. 또는 상대를
결핍의 대상으로 이미 정해 놓고 자신이 정신적 갑이라는 사실을
내포하고 있는 하나의 진실.

나는 그들이 그 어떤 아픔을 겪었어도 해 줄 위로의 말은 찾지 못
했다.
그리고…

그냥
바라보고 눈빛으로 응원하겠지

그들의 삶이 결국은 아픔이 아니라는 사실을
스스로 느낄 수 있도록
당신은 이미 아름다운 존재라고 느끼기를 간절히 바라는 마음이
전달이 될 수 있기만을…

58

나는 있지
주기도 하고, 받기도 할 거야
주기만 하고, 받기만 하면 삶의 균형이 깨져버려

부담 갖지 마
너에게 줄 것이 넘쳐 흘러
내게 도움을 주는 손길에 감사하며,
내 도움을 원하는 곳에 기꺼이 다가가 손을 내밀어 줄 거야
쓸데없이 필요도 없는,
네가 주고 싶은 것을 주면서 선행하는 것처럼 베푸는 것이 아니라
상대가 원하고 필요한 것이 네게 있으면 아무런 바람 없이 주는 거.
그런 걸 말해.
그러면 네게 필요한 것이 저절로 채워져.

필요하지도 않은 것을 주거나 받으면 쌓아놓기만 하게 돼. 흐름이
끊겨버려.
그러면 순환이 되질 않겠지?

얽히고설켜서

무엇이 필요한지 무엇이 필요 없는지도 모르고, 욕심만 잔뜩 생기
고, 불안해 지면서

주지도 못하고 받지도 못하고,

있어도 가난하고, 없어도 가난한 삶을 살게 되는 거야

필요하면 가져다 쓰렴 얼마든지 가져다 쓰렴

59

거침없는 입담과 거침없는 행보.
산 세월만큼의 보상이나 아님 겪어 보지 못한 즐거운 쾌락의 노출
이 흥미진진하여 새로운 쾌락의 경험을 찾는다

나이가 들면 각자의 삶에서 지켜왔던 것들을 때론 놓아 버리고,
새로움을 찾아 새로운 감각으로 느끼는 것에 마음이 쏠린다

하지만
그 이야기들이 낯설지 않고,
쾌락의 늪이 주는 결과는 또 다른 길로 향하게 할 수 있는 경험으
로도 남을 수 있으니 판단이나 비난할 수가 없다.

각자의 경험으로 살다가 각자가 얻는 교훈으로 삶의 끝은 달라질
테니…

60

미운 사람 있어. 싫은 사람 있어.
말도 안 통하고 답답하고 상처 주는 사람 있어. 정말 꼴도 보기 싫
은 사람 있어.

생각해 보자.
어디서부터 충돌이 일어나
내 안에 미움과 원망이 자라나
그들이 이토록 별로인 사람으로 내 곁에 함께하는지.

61

내가 나를 만나는 일. 쉽지 않은 일.
그 일이 벌어진 그 날부터 내가 나의 친구요.
내가 나의 아버지요 어머니라. 내가 나의 안식처요.
내가 나의 구도자라. 내가 나의 귀인이로다.

62

가진 것이 많은 자

집도 없고 차도 없는데 가진 것이 많은 자

친구도 친척도 가족도 없는데 가진 것이 많은 자

집도 있고 차도 있는데 가진 것이 없는 자

친구도 친척도 가족도 있는데 가진 것이 없는 자

모두를 가진 자는
어떤 것도 소유하지 않는다

모두를 가지고 소유하지 않을 것인가 소유한 그 몇 가지만 가지고,
그것에 집착하여 몸과 마음에 병을 얻을 것인가

63

모든 것은 그의 뜻이라.

나 이리 말하다가도
저 나락으로 떨어져 슬픔에 젖는 날이 와도 그 또한 그의 뜻이라.

그러하니…
그 뜻을 안다면
슬픈 날 슬프지 않음을 깨달을 것이다

자유라는 것은 이런 것이다.

64

세상에 완벽함은 없어.
완벽하게 해내려고 애쓰지 않아도 돼.

하지만
완전함은 있지.

거기에도 저기에도 없고 지금 여기에 있어
네가 머문 바로 그 자리에 완전함이 있단다.

65

도움의 손길을 원하는 이들에게 상처 주지 마세요
너 그럴 줄 알았다는 핀잔으로 더한 상처에 어딘가로 숨어버리고
싶은 마음이 생겨요.

웃고 있다고 아무 일 없어 보이나요? 울고 있다고 무슨 일 있어 보
이나요? 가만히 있으니 답답해 보이나요? 바삐 움직이니 부지런해
보이나요?

정말 기뻐서 웃고 있나요? 정말 슬퍼서 울고 있나요?
정말 가만히 있으니 답답할까요?
정말 바삐 움직이고 있는 게 부지런한 걸까요? 정말 그런가요?

자신의 안을 들여다보면. 잘 들여다보면.

울고 웃고 말이 많고 말이 적고에
진실된 참마음의 자신을 표현해 내는 것에 한계가 있다는 것을 알
게 돼요.

그러니

상대의 겉모습만 보고 어둡다 밝다로 말하며, 억지로 웃게 하지 마세요. 억지로 울게 하지 마세요.

웃어야 할 때라서 웃고 있고

말을 하지 말아야 할 때라서 말을 안 하고 울어야 할 때라서 울고 있는 것뿐이에요.

모두는 알고 있죠.

왜 자신이 이런 표현을 하며 살아가고 있는지.

도움을 원하는 이들에게 스스로 그 답을 찾을 수 있도록 함께해 주세요.

상처는 다시 내게로 돌아옵니다.

66

아무리 위대하고 위대한 경전을 백 번을 읽고, 천 번을 읽고, 만 번을 읽었어도, 자신의 삶으로 가지고 들어와 경전들의 이야기가 발현이 되어, 각자에게 나타나지 않으면 아무것도 깨닫지 못하고, 자기의 생각과 의견만이 늘어나 그 우월감에, 가르치고, 훈계하는 자가 되어 경전을 한 번도 읽어보지 않은 자보다 더한 혼돈 속에서 세상을 살아가게 된다.

배척자가 되어 인생이 쓸쓸해진다.

또는, 세상 것이 무의미해 숨어 살게 돼 버린다.

살아야 하는 세상을 외면하면 쓰겠나.

세상 안에서 존재를 드러내는 연습을 해야 하지 않겠나.

경전을 수없이 읽었다면.

67

1월 1일.
아침을 맞이하는 것처럼 새로운 한 해의 아침이 왔다.
시작을 알리는 소리.

떠오름….

올해도 변화하는 세월 속에 변하지 않는 것들과 살아가자.

사랑하는 아이들의 성장하는 모습 속에서.

가슴 한 편 어딘가에 빛나고 있는 사랑하는 사람의 늙어가는 모습
속에서.

모든 변화되고, 쇠퇴하고, 화려했다 시들어가는 모습 속에서….
변하지 않는 것.

그것을 보며 함께하자.

68

네가 아는 걸 내가 모른다고 나는 무식한 사람이 되는 거고,
내가 아는 걸 네가 모른다고 네가 무식한 사람이 되는 거야?

세상이 그렇더라? 이것 말고 또 있어?
이런 상대적인 것 말구 또 있어?

네가 집이 있으면 난 집 없는 사람.
네가 돈이 있으면 난 돈 없는 사람.

이게 뭐야? 이게 다야?

뭐 이렇게 재미없는 세상에서 경쟁하듯 사는 거야? 무엇 때문에
비교하고 비교당하며 사는 거니?

어차피 우리 모두는 태어났으니, 삶에 주어진 것들을 행해야만 해.
그리하지 않아도 삶에서 일어나는 것들은 그대로 일어나.

왜 경쟁하는 느낌으로 살아야 하지? 왜 비교하며 비교를 당하는
거야?

안 그러면 안 되는 거야?

69

나에게 아무것도 묻지 않았으면 좋겠어. 나에게 너의 이야기를
들려주면 좋겠어.

70

말을 할 수 없었어.

사랑한다 말해놓고, 사랑한다 말할 수가 없었어. 그래서… 시간이
지나 그때가 오기를 기다리고 있었어. 사랑해서 사랑한다 말할 수
있는 때를…

아직도 기다리고 있어. 그때가 오고 있어.

그래도 사랑한다 말하고 있어. 사랑한다고 말할 수 있을 때.

그때 당신은 나를 이해하게 될 거야.
나의 사랑이 무엇이었는가를…

71

처음 만나던 그 순간부터 그 사람이었다.
서서히 커져가는 불씨가 활활 타올라 가슴이 뜨거워 미칠 것만 같
았던 시간.
그 활활 타오름 속에서 그와 나를 지켜보고 있었다.

타오름 안에 그와 나의 만남이 무얼 의미하며 진실이 무언지 가려
져 볼 수가 없음을 알고 있었기에 기다렸다.

보일 때까지… 보여질 때까지… 나는 지켜보고 있었다.
그와 나를.

이제 그 불씨가 곧 있으면 타닥타닥 소리를 내며 꺼져가는 신호를
보낼지도 모른다.
그럴 때 우연찮게 바람이 휙~ 불거나, 누군가 꺼져가는 불씨에 공
기를 불어 넣어 준다면, 그와 나는 다시 변화된 모습으로 서로를
더욱 깊은 눈으로 바라보며 사랑을 나눌지도 모른다.

이렇듯 삶에서 오고 가는 것들이 자신의 힘과 뜻으로 만들어 놓은 듯하지만, 결국에는 그 무언가의 도움 없이는 다시 타오를 수가 없다.

그와 나의 불씨가 꺼져갈 때 즈음
도움의 바람이 분다면 너무도 감사할 듯싶다.

72

공평하다는 것에 대해.

돈으로 도움을 준 자에게 돈으로 돌아오지 않을 수 있어. 기도로
도움을 준 자에게 기도로 돌아오지 않을 수 있어.

돈으로 해를 끼친 자에게 돈으로 해가 돌아가지 않을 수 있어.
저주의 기도로 해를 끼친 자에게 저주의 기도로 해가 돌아가지 않
을 수 있어.

1년이 지나 돌아올 수 있고,
10년이 지나 돌아올 수 있고,
윤회를 믿는다면 다음 생애 그 무엇으로 돌아올 수 있어.

세상은 공평해.
원인이 있으면 결과가 있는 것. 그 결과는 언제 주어질지 몰라.

조급해 하지 마.
거만하게 굴지 마.

다 돌려받게 돼 있어. 언제고…

그러니 지금 나타난 거에 과거가 있고, 지금 행하는 거에 미래가
있어.

그러니 지금이 아주 중요해. 아주아주 중요해.

과거와 현재와 미래가 지금 여기 있어. 지금을 살아야 해.
그리고 기대 없이 지금을 살면 아무 일이 일어나도 아무렇지도
않아.

73

나는 나의 길을 간다.
세상의 모든 선과 악으로 나누어진 것들이여 와라. 묵묵히 나의
길을 가리니

그 길은 이 세상에서 내가 행해야 할 어떠한 의무의 길. 그 의무의
길에 사방에서 빛나는 빛이 있다.

삶의 끝을 보아라.
나는 빛이고, 그 끝은 태양이라.

더는 갈 곳이 없는 곳으로 향하여…

74

나는 알아요.

내 모습 어눌하고 부끄러워 보여도 그 모습이 내가 아니라는 걸.

네가 아무리 돈이 많고 지식이 넘쳐나도 그 모습이 네가 아니라는 걸.

그것을 안다면
우리는 친구가 될 수 있죠.
맘 터놓고 어떤 이야기도 나눌 수 있는 친구가 될 수 있죠.

75

나를 버리고, 언어를 버리고,
생각에서 나오는 글을 버리는 날.

하루.
한달.
일 년.
수 시간을…

버려낸 자로 살아가기를 소망합니다.
당신으로 가득 채워져 하나가 되는 날이 많아지기를 간절히 소망
합니다.

이 소망도 사라지는 그 어떤 날.

이미 모든 것이 허락되어 있었다는 것.

나는 사라지고
내가 걸어 다녀도 내가 아니요. 내가 말하여도 나의 언어가 아니요.
내가 글을 써도 나의 생각에서 나오는 글이 아니라.

76

사랑하는 두 아들과 딸.

엄마는 사랑해. 너희들을 무척이나 사랑해.

엄마는 그저 너희들이 너희만의 세상을 펼쳐내게 하기 위한 매개자일 뿐. 태어나 무언가를 이루기 위해 엄마의 자궁이 필요했음을.

이루어 냈으면 참 좋겠다.
그것이 무엇이든 엄마를 통해 세상 밖으로 나왔으니

너희의 태어남이 감사하지.
너희 가는 인생길에 만나는 모든 이들에게 감사함을 미리 전한다.

사랑하는 두 아들과 딸아…

77

사랑한다는 말이 간지럽고, 축복한다는 말이 불편하면,

너의 사랑과 축복의 언어는 무엇이니? 나에게 알려주면 너의 언어
로 말해줄게.

알려줄 수 있겠니?

78

육체는 그저 자신의 뜻을 펼쳐내기 위한 하나의 도구일 뿐이다.

무용수가 무용수가 되기 위한 뜻이 있다면. 과학자가 과학자가 되기 위한 뜻이 있다면.
엄마 아빠가 엄마 아빠가 되기 위한 뜻이 있다면. 사랑하는 사람이 사랑하는 사람과 사랑을 나누고자 하는 뜻이 있다면. 그 뜻을 펼쳐내기 위한 도구.

하지만 단순히 감각적 쾌락으로 오는 순간의 즐거움으로 몸을 쓴다면, 아무런 뜻도 없이 어쩔 수 없이, 육체를 쓰고 있다면

아무도 너의 뜻을 알아주지도 않을뿐더러 스스로도 무엇이 자신의 뜻인지 모른 채,
즐거움이 사라지는 순간, 자신의 일이 사라지는 순간,
허무함이 밀려 들어와 자괴감에 빠질 것이다. 육체를 자신의 뜻을 펼칠 도구로 사용하기를…

79

홀로 있는 이 깊고 넓게 퍼져 있는 당신의 축복으로 가득한 세상.
나를 만나는 모든 이에게
흘러 들어가게 될 쉼 같은 편안함.

80

내가 나를 만나 하나가 되면.

저 나라와 이 나라가 하나이고. 산과 바다가 하나이며.
나라의 수장과 국민이 하나이고, 너와 내가 하나임을 알게 되어,

어디를 가든, 어느 곳에 있든 나와 하나인 곳 어디든
그곳에서 모든 장벽이 무너지고, 경계선이 사라져 막힘없이 살아가
게 된다.

내가 서 있는 땅이 나의 나라임을 알게 되고,
내가 바라보고 있는 산과 바다의 풍경들은 나의 고독함을 달래주
는 친구임을 알게 되고,
너와 나는 친구이자 연인이 되어 사랑과 우정이 무엇인지 알게
된다.

하나라는 말을 함부로는 말하지 말기를

81

그 많은 글과 그 많은 말이.

내 안에 있었다.

82

나에게 알려줘.
내가 모르는 너의 지식들을.

친절하고 다정하게 나에게 알려줘.

너에게 알려줄게.
네가 모르는 나의 지식들을. 친절하고 다정하게
너에게 알려줄게.

우리
사이좋게 지내자.

83

자신 삶에서 오는 깨달음들은 각자의 때에 맞게 찾아오는 법이죠.

그러나
지금 당장 자신에게 맞는 깨우침도 나중에 그것이 아니었음으로
오기도 해요. 변하는 것들은 그럴 수밖에 없으니까요.

자신이 노력해 건강을 얻었거나,
부를 축적했다고 자만해서 가르치지 말아요. 언제고 아픈 날이
오고,
부족한 날이 오기도 하니까요. 아무것도 강요하지 마세요.

아픈 사람도 건강해지는 날이 오고
부족한 사람도 풍요로운 날이 오기도 하니까요.

변하는 것에서, 마치 변하지 않을 것처럼 이야기하지 마세요.
자신의 경험이 최고다 말하지 마세요.

그냥 나누어요.

이야기를 나누고, 지식을 나누고, 경험을 나누어 주세요…

강요하지 마세요.

눈과 귀를 닫아 버리고 싶으니까요.

84

가진 것도, 배운 것도 없는 나.

아직 남아 있는 찌꺼기들이 올라와 때로 서글픔도 느껴져.
아쉬움도 있어.

하지만
가진 것, 배운 것 더 많았다면,
나는 아마도…
나를 만나지 못하고, 세상에 묻혀 더 가지려고, 더 배우려고 했을
거야.

때가 되어 기뻐.
시간이 흘러 내 나이 오십이 된 것이 기뻐. 많이 배우지 못해
기쁘고.
이만큼만 주어진 게 기뻐.

알아 버렸잖아.

뭘 더 가지고, 배워야 하는 거니.

이제는 알아버린 그 하나를 가지고 사는 거야…

85

나를 믿고 가야 하는 사람.

흔드는 바람을 타고,
다시 나에게로 돌아가는 사람.

유혹하는 손길을 지나,
다시 나에게로 돌아가는 사람.

나를 흔들고, 유혹하는 것을 아는 사람. 끊임없이 돌아가는 사람.

86

있는 자들을 보며
부러워하거나, 우러러보지 마세요. 욕하지 마세요.

그 있는 자들도
더 있는 자들을 보며 부러워하고, 우러러보고 욕하고 있어요.

있는 자와 없는 자 모두는 똑같아요. 다들 열심히 최선을 다해 살
아가죠.

그러니 아무것도 부러워하지 말고, 욕하지 마세요.

누군가는 당신을 부러워하며 우러러보고, 욕하고 있거든요.

87

그날부터 쏟아낸 무수한 내 이야기.

걸어 다닐 때도. 집중해야 할 일을 할 때도. 친구들을 만날 때도.

집안일을 할 때도. 나타나

내 머릿속에서 드러나게 한 것들. 터져버릴 것만 같았지만 그대로

내버려 두는 연습에 연습을 해 온 그 나날들.

그리고 찾아온 그.

내가 나를 드러내고, 드러내는 훈련을 계속한 끝에 찾아온 그.

사라지고, 사라져 버리는 나를 붙잡지 않고, 보낸 후에야

찾아온 그.

88

나는 알았습니다.
나의 몸이 있어 당신을 만날 수 있었음을.

태어나 육체를 가짐은 당신으로 가게 하기 위한 당신의 선물임을
알았습니다.

아침에 일어나 몸을 깨워 당신을 만나는 시간은 신나는 일입니다.
바삐 움직이는 나는 온몸의 감각으로 생명의 위대함을 느끼며, 당
신을 의식 할 수 있습니다. 밤하늘의 별을 보고, 당신께 오늘 하루
동안의 이야기를 하며 잠들 수 있는…

이 몸은 당신의 선물입니다.

89

몸을 움직여보자.

천천히 팔을 들어보기도 하고, 다리도 한번 들어보고, 옆구리도 좀 늘려볼까?
통증이 일어나고, 불편하면 다시 돌아와 조금 덜 쓰면서. 몸을 움직여보자.
머리 꼭대기에서 발끝까지 부드럽게 연결하면서

숨도 좀 쉬어 볼까?
내쉬고, 들이쉬면서 숨과 함께 몸의 리듬을 타보자. 숨에 나의 몸을 맡겨보자.
숨이 흐르는 대로 몸을 움직이면 가벼워져.
편안해져.
몸이 편안하고 숨이 자연스럽게 흐르면 마음이 그 안으로 들어와.

들어왔니?

잘 들어 왔어.

다시 숨을 쉬어 볼까?

천천히.

부드럽게… 편안하게.

그냥 흐르는 대로 자연스럽게

어떠니?

몸이 이완되고, 숨이 깊어 지니. 마음이 고요해지지 않니?

90

자꾸만 알게 돼.

무얼 의미한 건지 자꾸만 알게 돼.

91

육체를 수련하고 수련하고 수련하니 마음을 알았고,
마음을 수련하고 수련하고 수련하니 삶을 알았고,
삶을 수련하고 수련하고 수련하니 나를 알았다.

몸과 마음과 삶은 떼어놓을 수 없고, 나를 알게 되면,

몸과 마음과 삶은
나를 도우는 물질로 바뀌게 되어 흐른다.

92

흘려보내겠습니다,
세월이 흘러 삶이 어디론가 흐르듯.
내게 오는 것들을 잘 받아내고, 흘려보내 자연의 흐름 따라 살아
가겠습니다.
흐름 따라 주어진 일들을 자연스레 행하고,
흐름 따라 만나게 될 이들을 만나며, 붙잡지 않고, 흘려보내겠습
니다.

마음이 쓰리고 아픔이 오는 경험을 흘려보내고, 마음이 기쁘고 행
복한 경험을 흘려보내겠습니다.

흘려보내고, 흘려보내다 보면 바다와 같은 곳으로 흘러 들어가, 흘
러 들어감이 자연스러워 하나 됨이 자연스럽고, 넓고 깊음을 그대
로 느끼게 됨을….

하루를 그리 살고, 한 달을 그리 살고, 일 년을 그리 살고,

깊은 바다로 들어가 잠을 청하고, 아침에 일어나 흐름대로 살다가
다시 깊은 밤 당신으로 흘러 들어가는 날들이 반복되어 숨이 사라
지고, 당신에게 흘러 들어가
다시 흐르는 곳으로 가지 않기를 저는 소망할 뿐입니다.

93

나는 이야깃거리들이 많아요.
무수한 이야깃거리들이 수두룩합니다.

아픔과 고집과 환경과 사랑이
어지러울 만큼 이야깃거리들이 참 많습니다.
그 이야깃거리는 지금의 나를 만들어 낸 그의 작품입니다.

저는 아픔이 있는 이들과 함께하고 싶어요. 이해하고 싶어요.
저는 함께할 거예요.

도움을 원하는 곳 어디든.
자신을 찾고자 방황하는 이들이 스스로 기쁜 마음으로 찾아 들어
갈 수 있도록.

그리고 명상의 자리에 앉아.
감사하며 그곳에… 또 이곳에서 늘 함께임을 알아차리며 살아갈
겁니다.

94

꼬마야.

너는 알고 있었니.

이리저리 굴러다녔던 그 어린 꼬마는 그럼에도 불구하고,

발그레한 미소를 띄우며,

아무 일 없는 듯 그리 웃고 있었던 걸 보면. 너는 그때부터 알고

있었구나.

95

나는 나와 함께 살아간다.

나에게 벌어지는 일들을 바라보고, 세상이 변해가는 것을 지켜보
며, 나와 함께 살아간다.

96

시작된 가르침.
자! '지금부터 그 가르침이 시작된다'는 경전의 첫 구절.

그것이 내게 주는 메세지는 단순한 글귀가 아니지. 나에게 정확하게 말해주는 메시지.

흔들리지 않고, 의심이 없어진 곳에서부터의 시작을 알리는 소리. 그 소리가 들린 날부터 시작이라는 걸. 다시 또 알게 된 그의 메시지.

그곳에 적혀 있는 모든 이야기는 나에게 향한 고귀한 그의 목소리.

알았으니 행하라. 지금부터 행하라.

고요하게 있되. 행하라…

97

들어.
들으려고 하면 들려.

보아.
보려고 하면 보여.

말해.
말하려고 하면 나와.

시기나 질투나 자랑이 먼저 차지한 곳이 아니라면.

98

다른 시각으로 보게 되고,

다른 후각으로 맡게 되고, 다른 청각으로 듣게 되고, 다른 미각으로 먹게 되고, 다른 촉각으로 만지게 되고…

시작과 함께 시작되는.

몽롱함에서 벗어나 분별과 판별의 직감은 설명할 수도 없어 침묵.

99

알아서 알아지게 되는 것.
보여서 보여지게 되는 것.

판단도 비판도 비난도 할 수 없게 되는 것.

내가 사라지니 판단도 비판도 비난도 할 수 없게 되는 것.

궁금함이 사라지고, 궁금함이 있을 수 없는 것. 너의 생각이 어떠
한지 그냥 듣고 싶은 것.

100

직감이라는 것은.

내가 사라져야만 오는 것임을.

나의 느낌도, 생각도, 의견도 다 사라지고. 진실을 보는

아주 정확하고, 명확한 그 하나를 알아야만 직감을 할 수 있음을.

직감은 진실이어야 직감.

착각 속의 직감은 그저 느낌일 뿐!

자신의 특별함을 알리고 싶은 마음에서 시작된 착각!

101

수십 번 수백 번을

이것도 아니야. 저것도 아니야.

이건가? 아니네?
저건가? 아니네?

맞는 거 같아 의견을 펼치면.
다른 의견이 나와서 아님을 알게 될 때 오는 좌절감에, 내 의견에
반박했던 이들을 의심했었지.

맞다는 건 다른 답이 나올 수 없음을

대립되고, 주장하는 것들은
스스로 맞지 않음을 인정하고 있다는 것을 몰랐었어. 인자함과 너
그러움은 그곳에서부터 오는 거야.

102

오늘은 나 혼자 있고 싶어. 오늘은 나 멀리 떠나고 싶어.
오늘은 나 아무것도 안 하고 싶어. 오늘은 나 눈을 감고 싶어.
오늘은 나 조용히 있고 싶어.

오늘따라
아주 멀리멀리 가고 싶어.
하염없이 흐르는 강물을 멍하니 바라보고 싶고,
거친 파도를 치다가도, 금새 잔잔해지는 어두운 밤바다를 보고
싶어.

오늘은 나…
그냥 나로 있고 싶어.

103

너를 드러내며. 너를 사랑할 수 있도록. 너를 아끼며. 너를 신뢰할
수 있도록. 옆에서 웃어줄게.
활짝 웃어줄게.

네가 신나하면 나도 신나고. 네가 기뻐하면 나도 기뻐.

네가 기분 나쁜 일을 당했다고 마구마구 이야기를 쏟아내면 들어
줄게.
네게 슬픈 일이 생겨서 흐르는 눈물을 멈출 수 없을 때 그냥 옆에
있어 줄게.

너를 많이 사랑해.

104

사랑 하나 남았다.

다 빼고 나니 사랑 하나 남았다.
아는 단어의 한계에 부딪혀 표현을 하자니(그 무엇을 말하고자
한들).
사랑 하나 남았다.

왜 사느냐는 물음에 사랑 하나 남았다. 나이가 들수록 사랑만 남
는다.

105

그대의 이름도,
그대의 존재를 설명해 놓은 책들도, 그대와 하나가 되는 순간 사라
집니다.

무수히도 많은 글 무수히도 많은 말

그 안에 당신이 들어가 있나요. 당신 안에 그것이 들어있나요.

바람도, 뜻도, 시간도, 공간도 다 사라져
영원 속에 있음을 설명해야 할까요 전달해야 할까요

눈을 뜨는 순간 보이는 사물에 내 마음은 빼앗기고, 눈을 감는 순
간 과거와 미래로 들어가 혼란 속에 잠 못 이루었던 기억들.

죽음을 맞이하는 그 순간까지 계속될… 그대여

영원한 그대여

이제 그대는 나의 영원한 친구여서 놓지 못하고, 세상살이에 그 놓지 못함만을 가지고 살아야 하는 거겠지.

그 놓지 못함이 계속되고… 마지막 하나!

그 하나를….

놓는 순간 영원으로 들어가 다시는 돌아오지 않으리…

106

내가 몰라도 괜찮잖아. 네가 알려줄 거니까.

네가 몰라도 괜찮잖아. 내가 알려줄 거니까.

무시하지 말아. 괄시하지 말아.

네가 배운 것도, 내가 배운 것도 다 사라져.
사라지기 전에 너와 내가 배운 걸 알려주고 가면 좋겠어.

107

세상 모든 이야기가 당신의 이야기.

어딜 가도 당신이 하는 이야기가 담겨 있어, 귀를 기울이지 않아도 이제는 들리고, 보려 하지 않아도 이제는 보이고, 말하지 않으려 해도 당신의 말이 나와.

유머가 있고, 재치가 있어.
심각하지 않아도 진심이 담겨져 있어. 멋진 일이야.

놀라운 일이야.

108

저는 갈게요.

그 많은 비난과 협박의 사랑으로 포장된 가족의 이름에서 벗어나
나의 길로 갑니다.

낳아주시고, 길러 주심에 감사함을 전합니다. 상처가 많았습니다.

그 상처는 치유가 되었고, 돌아가지 않습니다.

되돌아가지 않아요. 저는 갑니다.

당신은 당신이 믿는 그곳으로 가는 길에 불신이 없길 바랍니다.

저는 성인이 된 지 오래이고 그 인정은 당신의 선택!

저는 갑니다.

당신의 비난과 협박은 이제 아무 소용 없습니다.

왜?
지금 보이는 내 모습이 나 같니?

게임하고, 담배 피고, 술 마시고.
공부 안 하고, 연애하고, 놀러만 다니는 그 모습이 나 같니?

난 아닌데… 넌 그러니? 아니잖아. 그렇지 안잖아.

너를 잃어버리지 않았으면 좋겠어. 게임하고, 담배피고, 술 마셔도
괜찮아. 공부 안하고, 연애하고, 놀러 다녀도 괜찮아.

너를 잃어버리지 않는다면.

무얼 해도 너는 돌아와 너를 스스로 일으켜 세울 거니까.

110

숲을 보는 사람과
나무를 보는 사람이 만난 건 감사한 일인 거 같아.

111

보조자입니다.

당신이 빛을 발할 수 있도록 보조할 거예요 저의 의견을 묻지 마세요.

당신의 빛남을 이야기하세요. 저는 보조자입니다.

112

세상은 온통 나의 것. 세상은 온통 그대의 것.

이미 가지고 있어, 가져지지 않는 것.

멋을 부리고 싶으면. 멋을 부릴 수 있고,

좋은 집에 살고 싶으면, 좋은 집에 살 수 있으나 가져지지는 않
는 것.

충분히 즐기고, 누리고 살 수 있으나
이미 가지고 있는 것들이라 가질 이유가 없는 것. 세상은 온통 그
대와 나의 것.

친구여, 사랑하는 사람이여. 그대들의 이야기를 듣고자 한다.

나를 버리지 않고,
그대들의 이야기를 들을 수가 없네.

나를 버리지 않으면 들리지 않고, 보이지 않아서 내 말이 많아
지고,
내가 보고 싶은 것만 보게 됨을

친구여, 사랑하는 사람이여. 그대들의 이야기를 듣고자 한다.

나를 버리는 날이 많아지고 있음을 아는가.

있는 그대로 볼 수 있는 날들이 많아지고 있음을 아는가.

들리고, 보여지는 날들 속에
친구와 사랑하는 사람이 함께 있구나.

114

온전한 사랑을 받아본 적 있나요. 완전한 사랑을 받아본 적 있나요.

빌 틈이 없고, 무한으로 채워지는 사랑을 받아본 적 있나요.

세상에 그런 사랑이 있나요?

세상엔 없고, 내 안에 있어요.

저는
온전하고 완전한 사랑의 품에 안겨있어요. 그래서 두렵지 않죠.
그래서 삶 속에서 그 어떤 장애가 와도 아무 상관없죠.

믿음이 생기고, 의심이 사라지면, 그 사랑의 품은 변하지 않아요.
믿음이 부족하고, 의심이 생기면 그 사랑은 여기 있어도 저기 있는
듯하죠.

혼란이 오면 사랑을 느낄 수 없어요. 모든 원인이 외부로 향하게 되죠.

사랑은 내 안에 있어요.

사랑한다는 말이 필요한가요? 사랑한다는 말이 듣고 싶나요?

자신을 사랑 안에 넣어보세요. 말 없어도 전부를 느낄 수 있죠. 무한한 신뢰로 인해 의심할 수가 없죠,

저는 그런 사랑의 품 안에 있습니다.
자신을 먼저 사랑하라는 말이 무슨 의미인지 이제야 깨달았죠.

115

혼자 있는 시간이 차분하다. 혼자 있으면 내가 된다.
혼자 있으면 고요하고, 고요하고, 고요하다.

펼쳐진 세상 안에 혼자 있는 이 시간은 나와 많은 이야기를 나눌
수 있다.

내리는 눈을 감상할 수 있고,
지나가는 사람들의 걸음걸이를 고스란히 느낄 수 있고,
굴러가는 자동차의 바퀴 소리를 들을 수 있다.

커피 내리는 소리. 흘러나오는 음악 소리. 대화 소리. 웃음소리.
문을 열고, 닫는 소리. 키오스크로 주문하는 소리.

이 모든 소리와 풍경이 조화롭다.

시끌거리는 소리가 거슬리지 않고, 빵빵대는 크락션 소리가 거슬
리지 않다.

혼자 있을 땐.

머물고 있는 공간의 모든 것을 느낄 수 있다.

그 안에서 나는 차분하고, 고요하다.

116

나에게 주는 선물이다.

아주 귀한 선물이지만, 언제든 꺼내 나의 이야기를 들을 수 있는 그의 선물.

발을 딛고 일어설 수 있는 기반 위에 안정과 부족함이 느껴지지 않는 풍요로움과 아름답고 건강한 신체를.

다정함. 즐거움.
창조적인 에너지를.

용기.
유연한 지구력.
자신을 존중할 줄 아는 힘을.

사랑과 용서와 배려 안에 나를 포함시키고, 순수함에서 나오는 언어로 표현되는
지혜, 눈으로 보는 것 이외의 것을 보는 눈.

가득 참.

하나 됨으로 살아가야 하는 나.

끊임없이 수련하고, 수련해야 할.

행해진 나의 행위는 내가 행한 것이 아님을 기억할 일.

117

하던 거 그대로 하면 돼.

밥하고, 설거지하고, 빨래하고. 일하고, 친구들 만나고, 책도 읽고.

달라진 건 환경이 아니라 나야.

다르게 느껴지고 다르게 보이는 건 세상이 변해서가 아니야. 내가
달라졌어. 그러니까
하던 거 그대로 하고 살아가는 거지.

그러면
거기서부터 세상이 달라져.

118

내면으로 들어가라
내면으로 들어가라.
모든 외부적인 감각이여… 그 감각을 통해 내면으로 들어가라.

내면의 힘이여, 포옹하라.
품어라. 모두를 내면으로 가져와 품어라.
내가 원하고, 찾던 사랑이다.